KB070960

# 고구마와 고마워는
# 두 글자나 같네

김은지

**시인의 말**


바쁘시죠,
내가 먼저 묻는 건
기꺼이 외로움을 선택하고 싶어서


2019년 9월
김은지

# 고구마와 고마워는 두 글자나 같네

**차례**

**1부  안녕이라는 소리의 감촉**

## 2부  따뜻한 호수에 떠 있는 오리가

## 3부 종이에 누워 있던 잉크에 누군가의 눈길이 스칠 때

**4부  다음으로 날씨 예보가 이어졌다**

**해설**

# 1부

## 안녕이라는 소리의 감촉

# 고구마

봄에는 심장약 복용을 시작해야 할지도 모른다고
수의사는 말했다

열 살 넘은 개가
내 이불을 덮고 자고 있다

들숨 날숨에 맞춰
움직이는 배를 보다가
머리를 쓰다듬으면

어김없이 눈을 뜨고
나를 확인하는 개

고구마와 고마워는
두 글자나 같네

말을 걸며
빈틈없이 이불을 꼭꼭 덮어 줄 수 있는

겨울 고마움

# 야구 연습

함성
야구부의 함성이다

나는 공원에 앉아 있다
병원 옆의 공원이다
아는 사람이 입원한 병원과 비슷하다

그는 가고 싶던 병원에 가지 못했다
큰 병원마다 병동이 꽉 찼기 때문이다

공원에서 난 책을 읽는다
그가 입원한 이유에 대해
쓰여진 책이다

공원에 앉아 있다
문병은 가족밖에 할 수 없다

야구부의 함성이 들릴 때마다

고개를 든다
병원 창문을 본다

몇 층까지 들릴지
궁금하기 때문에

# 지나가는 눈

가게 앞에 우산 쓴 사람이 지나가기에 알았다
눈이 오는구나
30% 낮은 확률이
일어났다

지난달엔
어떤 분과 가깝게 되었는데
덕분에
깜짝 놀랄 일들이
아무렇지 않게 연속으로 일어났다

친구를 위해
동네에서 가장 맛있는 빵을 사면서

오히려
호의를 호의로 받아들이는 마음을
보존하기엔
빵을 사는 내가 아쉽다는 생각

그래도 우리 동네 퀴니아망은 너무 맛있어서
한입 베어 물고 동그랗게 커질 친구의 눈을
이미 본 것 같다

눈이 오는구나
가게 앞에 우산 쓴 사람이 지나가기에 알았다
나도 우산을 쓰고 지나갈 것이다

# 픔

12월 마지막 주에 만나고 싶은 사람이
12월 마지막 주에 만날 수 있는 사람이 되면 좋겠다

그러나
A형 독감은 매우 아프다고 하고
큰 병원에 추적 검사를 받으러 가야 하고
고장 난 문을 고치는 일은 급하니까

아픔 슬픔 배고픔 서글픔
픔으로 끝나는 단어는 왜 다 아픈 것일까
이 계절 내내
픔으로 끝나는 안 아픈 단어를 찾는 중

그렇지만
나이 한 살 더 먹고
1월에 만나는 것도 괜찮다

새해 복 우선 받으세요

구정에 마저 드릴게요
그때까지 서로 감기 조심합시다

보고픔

12월 마지막 주에 만나고 싶은 사람에게
겨우 찾은 단어를
보낸다

조금 어색하다고 생각하면서

## Undo

너를 위해서야,
당신은 말했다

독을 뿜는 동물들은
해독제를 가지고 있지 않다

해독제는 엉뚱한 나무이거나
더 강한 독

약을 얻으러
난 아주 먼 곳으로,
전혀 반대쪽으로 간다

그리스 신들도
되돌리는 능력만은 가질 수 없었다

나를 위해서야,

아주 먼 곳으로 간다

 *듣기만을 시키는 당신과는*
*공존할 수 없어요*

전혀 반대쪽으로 간다

그곳에 도착하면
눈을 감듯이
원할 때면 언제나 귀를 닫을 수 있다

# 상어

소리를 만진다

상어의 래터럴라인*은
말하자면 날갯죽지 같은 것일까

상처 입은 것에 예민한 상어의 반응처럼
잎사귀의 바삭한 진동을
등뼈로 듣는다

이어지는
벚꽃 잎 한 장씩 로그인하는 소리
욕조에 위로 담그는 소리
구름이 별자리 당기는 소리

한몸이었던 가지와 잎사귀
서로에게서 떨어질 때

등을 긁고 싶은

아주 아주 작은

어떤 것일까
안녕이라는 소리의 감촉은

손가락 끝으로
손가락 끝을 문지른다

* lateral line, 상어의 머리부터 꼬리로 이어진 튜브로
촉각과 청각이 혼합된 감각을 담당한다.

# 신호등이 없는 마을

숙소에서 저녁을 먹고
낡은 리모컨 배터리 교체를 부탁하고
동네를 걸었다

하늘 오른편에 해가 내려오고 있었고
절벽 아래 파도 소리가 멀고
노을이 흐르고 있었다

근처를 조금 걷고 싶었을 뿐인데
나중에 듣기에 그곳이
이 섬에서 노을을 보고 싶으면
일부러 찾아오는 곳이라고 했다

그래서다
처음 가 보는 골목에서 돌연 멈춰 서는 건

이곳이 가장 아름다운 곳인데
모르고 돌아갈까 봐

# 늘픔

「픔」이라는 내 시를 읽은
손유미 시인이
늘픔이라는 단어를 찾아 주었다

(순우리말) 앞으로 좋게 발전할 가능성

많은 곳에서 상호로 사용하고 있었다

언론고시학원
약사회
휴대폰 가게
세무회계 컨설팅
아파트청소
배드민턴용품점
세탁소
정육점
한지공예
어린이집

테이크아웃 커피
미용실
건축 토목
유람선
복지시설
버섯농원
공연기획
폐수처리업


시를 고쳐 보려고 고민하다가
새 시를 쓰기로 했다


선물 받은 단어를
타일처럼 벽에 붙인다


그나저나 저분들은 이 단어를 어떻게 아는 거야


내가 다가가는 어떤 세계에선

모두가 시를 좋아해

# 블루투스 기기 1개가 연결되었습니다

영국은
외로움을 관리할
전담 장관을 뽑았다고 한다

파란빛이 도는
블루투스 문양을 따라 그린다
이런 무늬는 누가 만들었을까

바쁘시죠,
내가 먼저 묻는 건
기꺼이 외로움을 선택하고 싶어서

혼자 밥을 잘 먹고
일기장을 버릴 수 있고
책에서 가붓하다라는 단어를 발견했을 땐
메모장에 적어두었지만

오늘은 듣고 싶었다

이름을 모르는 사람이
담담하게 엄마가 돌아가신 얘기를 하며
이사해야 하는 사정을 말하는데
달빛이 드리우는 방에 산다는
그 사람의 이야기를 끝까지 듣고 싶었다

두 시간씩 전철을 타고 와
후회를 털어놓고
요즘 듣는 노래를 물어보는 밤

켠 적 없는 블루투스가 연결되었다

# 경청

누군가 시를 낭독한다
나는 가만히
종이컵에 담긴 사이다를 바라본다

공기 방울이 표면에 떠오르고 터진다
꼭 세 개씩
가운데로 모였다가 터진다
터지면 다음 기포가
이제 자신들의 차례라는 듯 떠오르고

떠오르고
모이고
터진다

어떤 문장이 나를 고개 들게 한다
나는 내 차례라는 듯이
떠오르고
모이고 터진다

누군가 시를 낭독한다
그의 목소리가 너무 작아서 다들 더 조용히 한다
조금 소음을 내며 귤을 집어 온다

귤껍질로 토끼 얼굴을 만든다
봄이 왔지만 아직 춥기 때문에
귤색 토끼에게 목도리를 둘러 준다
시는 끝나지 않고
입원한 친구에게서 카톡이 온다

나도 시를 낭독한다
(내가 시를 읽는 동안 사람들은
무엇을 보고 무엇을 했는지 알 수 없다)

첫 줄을 읽고
난 내 억양이 마음에 들지 않아 속상한 마음으로
그저 틀리지 않기만을 바라다가

시에 강아지가 등장했을 때
비로소 평소 말할 때처럼 읽을 수 있게 된다

누군가 아주 긴 시를 낭독한다
왼손을 쫙 펴고 내 손바닥을 본다
점이 하나 있다
어릴 때부터 그 점을
샤프심이 박힌 거라고 믿었다

점이 그때와 같은 위치에 있는지 기억해 내려고
애쓰는데
기억은 나지 않고
아름다운 시는 끝나지 않는다

2부

따뜻한 호수에 떠 있는 오리가

## 저런,

피부과에서 콧등의 여드름 같은 것을 짰다
'짰다'에 왜 ㅈ이 두 개 들어가고
ㅅ도 두 개 들어가는지 알게 되었다

콧등은 진짜 아프구나 생각했는데
코 옆의 것을 짰다
그건 조금도 덜 아프지 않았다

좋은 생각을 하려고 했지만
좋은 생각할 때 이 고통이 떠오를까 봐
조금만 좋은 생각을 하려고 했다

의사가 나가고 간호사가 다가왔다
일어나 앉자마자 눈물이 뚝 떨어졌다
간호사는 내 팔을 잡으며
저런,
이라고 했다
통증이 급감했다

운 건 아닌데 울었다

코 만지지 말고
라면 먹지 말아야지
사과 아침에 챙겨 먹고
물 많이 마셔야지
걱정을 덜 하고
누가 귀찮게 하면
천사가 테스트하는 건지 모르니까 잘해 줘야지
휴대폰 보는 시간을 줄여야지

섭섭해하는 일은
그만두기로 했다

# 뼈의 소리

삼촌은 영화배우처럼 절도 있게,
한 손으로 다른 손의 마디를 눌러
따각, 뼈 소리를 내고
조카들의 감탄에 자못 흐뭇해한 후
라면을 끓이라고 심부름을 시켰다
우리가 따라하려고 하면 뼈 상한다고 말렸지만
우리들이 아무리 손을 꺾어 봤자 뼈에서는 아무
소리도 안 났다
지금은,
힐을 벗고 오른발을 돌리면 복사뼈 맞춰지는 소
리, 따각
마우스를 옮기다 손을 펴면 손등의 잔뼈 부딪히
는 소리, 따각
설거지를 끝내고 숨을 들이마실 때 왼쪽 날갯죽지
에서,
어깨며 턱이며 물론 무릎까지
이제는 돌아누울 때 척추 자리 찾는 소리도 이따
금씩 듣는다

뼈가 단단해지는 날은

영원히 기다려도 오지 않을 것 같더니

공부방에 온 꼬마 학생님들이

다급한 목소리로 부르기에 달려갔다

엄지를 휘어 팔에 닿는 묘기를 보라고 난리다

나는 그러다가 뼈 상한다고 말렸지만

다들 감탄하며 따라하느라 바쁘다

시를 쓰다가 엄지를 휘어 본다

아프다

# 로트렉의 세로선


하얀 원피스
여인의 다문 입
아물아물한 초점과
안 좋은 소식들

남색 코트
쟌 아브릴의 다문 입
혼자 걷는 길의 수심

키스하는 연인
하늘색 이불에 붓을 뭉갠다

사랑 뒤에 무엇이 오는지
떠올라 버린 기분

# 소낙빛

양산 끝에는 자수 레이스가 곱게 둘려 있고
립스틱이 번지지 않게
입가에 흐르는 것을 찍어 닦는다
언뜻언뜻 보이는 화난 표정은 가려지지 않고
가로수의 작은 그늘을 지나치며
양산을 다른 어깨로 옮겨 걸치고
농협 옆에 멈춰서
가래를 뱉는다

## 머핀

갤러리에 들어온 걸인이
머핀 하나와 방울토마토 한 움큼을 가방에 쑤셔
넣는다
손에는 김밥 서너 개를 쥐고
사람이 드문 쪽으로 간다

민트색 나무 그림을 마주하고
김밥을 우물거리다가
우물거리지 않는다

두 개째 김밥을 입에 넣은 그가 나가고
나무 그림을 그린 작가는 그가 있던 자리로 가서
자신의 그림을 본다

유명한 배우가 동행과 걷고
한국말을 잘하는 외국인들 사이에서
나도

새로 걸린 그림을 감상하고
머핀은 일 인분만 가져가는
수요일 인사동의
생기

# 수트케이스

짐을 잃어버렸다
분홍색의 작은 수트케이스였다
중국인들이 많이 탄 배에서 나는
소식 모르는 친구를 만나고—너를 만날 줄은 정
말 몰랐다
샴페인 잔을 드는 프랑스 시인도 마주쳤다—어제
그의 시를 읽어서겠지?
여기는 무슈 쟝,
이쪽은 정아,
안녕하세요
봉쥬 마드무아젤
두 사람은 나를 바라보지만
아, 난 가 봐야 해
홀을 지나 계단 옆 작은 방으로 들어갔다
짐을 찾으려고 방을 휘젓고 다니는데
배가 좌우로 흔들리고
상체를 숙인 내가 고개를 들면 문을 여는 것은,

면도기를 돌리면서 남편 나를 깨운다

프라이를 만들고 소금통을 건네며

나는 분홍 수트케이스를 과연 어디서 본 것인가

생각한다

이불 속으로 들어가 눈을 감고

내 짐을 찾으러 잠들려 한다

한 번도 내 것인 적 없는 것에 대해서도 결락을 느

낄 수 있는 것일까

발이 차가워 오그리면서

# 북규슈

세 개의 다리를 다 건널 때까지
뒤를 돌아보지 마세요
누가 부르더라도
좋아하는 꽃이
섬으로 따라와 피어나도

따뜻한 호수에 떠 있는 오리가
우산으로 사라지네요

나뭇가지를 물어오는 까마귀야
맑은 공기를 물어오렴
한 번도 쓰인 적 없는 시간을 물어오렴

세 개의 다리를 다 건널 때까지
뒤를 돌아보지 마세요
좋아하는 꽃이
섬으로 따라와 피어나도

내가 부르더라도

# 오리

거미는 몇 시에 마트에 갈까
먹이를 포장하고 있는 거미가 바쁘다


개울로 내려가는 데크가 삐걱거리는 소리
목재 냄새
한가롭던 여행이 잠깐 떠오른다


오리의 양볼을 보면
귀여움이 생존 전략이라는 말이
충분히 과학적이란 생각이 든다


하중 시의 휨량
개울 건너편에 공연장이 생긴다고 하고
뜻을 모르는 건축 용어가
저절로 외워졌다


커다란 우산만 쓰던 여름
질문을 쏟아내고 싶었지만

다들 자고 있는 시간이라
메모장에 써 내려갔다

늑대와 돼지가 각자의 집에 사는
재미있는 동화책

체크무늬 자켓을 입은 사람들이 연이어 지나간다
조금 큰 사이즈의 옷을 입는 게
유행인 것 같다

트럭에서 모래가 쏟아지고
오리들은 같은 방향을 보고 있다

섭섭했던 일을
일전에 고마웠던 일로 털어내는 건

하나의 나무에는 감이 아직 연두색이고
하나의 나무에는 감이 이미 주황색이다

# 일곱 개의 일요일

일곱 번의 일요일은
두세 번의 일요일과 달라서

한 사람이 골목을 잘못 들어섭니다
한 사람이 두 번 환승을 하고
한 사람은 챙겨둔 텀블러를 깜빡합니다
예보되지 않은 호우와 폭설
푸딩을 먹고 급체한 사람
답이 없는 문제에 계속 결심을 하는 사람
신분증 없이 병원에 가는 사람
여름 내내 에어컨을 켜지 않는 사람
헤어 드레서가 앞머리를 너무 짧게 자르는 순간
싹둑
언덕에 책방이 생기고
의자 모양처럼 서로 다른 사람들이 모여 앉아
직접 채집한
통증 건너는 법을
가방에서 꺼냅니다

일곱 번의 일요일은
두세 번의 일요일과 달라서
마지막이라는 말을 모르고

예보되지 않은 호우와 폭설마다
지도에 책방이 나타납니다

# 앉아서 달팽이를 생각하는 밤

명절에 만난 언니가 등을 밟아 달라고 한다
왜 아프냐고 묻는데
자신이 왜 아픈지
궁금해하지도 않는다

다섯 살 조카가 한복 치마를 꼭 쥐고
아장아장 계단을 내려가는
매일의 성장도 눈부시지만
어른의 몸에 일어나는 일들 역시
놀랍도록 다양하다

난 오늘 앉아서 잔다
이석증이란
달팽이관에서 석회 가루가 떨어진 거라고 한다

미세한 가루가 제자리로 돌아가길 기다리며
앉아서 달팽이를 생각한다
이 낯선 어지러움이 잦아들 때까지

숲으로 가는 달팽이는
느리고
자꾸만 멈춰서 풍경을 둘러본다

땅에 떨어진 잎은
나뭇가지로 돌아갈 생각은 하지 않을까

잎을 흙으로 만드는 계절
새싹이 초록을 트는 계절
같은 계절이다

# 잔상

민박집 2층은
이 섬의 초고층

옥상에서 한 바퀴를 돌면
동서남북 하늘이
모두 한 번씩
나를 안아 준다

해가 꿈틀대는 지평선

태양이 땅과 떨어지는 순간에
무슨 소리라도 날 것 같아
바라보고 있다가
망막에 잔상이 생겨 고개를 숙인다

마냥 보고 있으면 안 되는 것이 있었지

1층 창고 쪽으로

해녀가 바지춤을 탁 털고 간다

구름 뒤로 들어간 해를 보며
나는 소원을 빈다

제발 나에게 일어났으면!
간절히 바랐던 일을 빌지 않고
건강과 무사를 기도한다

눈을 한참 감고 있어도
그것은 계속
눈꺼풀에 남아 있다

## 스콘


그 질문을 피해갈 대답을 미리 생각해 두어야지


편견에 대해 고민 없는 사람이
솔직히,
라는 말로
아직도 말할 때


이 사람은 내 엄마가 아니다


이 사람이 나에게 좋은 사람이어야 할 이유는 없다


상담책에서 읽은 문장을 되뇌어도


'감기에 걸리셨어요?'
'얼굴이 빨간데?'


꿈이 점점 쉬워져서 걱정이야

너를 들을 때마다 알게 되는
다음의 장면

괜찮아, 물을 때면
다음 주는 좀 쉬울 거라는 착각

그곳에 가 봤으면서
그곳에 가는 방법을 모르는 걸
실수라고 부를 수 있을까

인서트를 누르고
어제의 일기에 오늘의 일기를 쓰다가
남은 문장은

   *와 함께 모서리가 조금 탄 스콘을 구웠다*

# 스피커

언니가 서울로 이사하고
처음으로 혼자 방을 쓰게 되었다

불을 끄고 눕기 전에
스피커 가까이에 이불을 깔았다

다른 사람들도 마찬가지겠지

다들 잠결에 들은 음악의 감미로움에
미간이며 발가락이며 힘이 풀려
박동이 한결 보드라워지는 것

다른 사람들도 한 번씩
안 좋은 일이 일어나면 어떻게 하지
겁을 냈다가
때로는
어떤 골목에 어떻게 숨으면 좋을지
도망치는 계획을 세우기도 하겠지

불을 끄고 눕기 전에
가로세로 바꿔가며
이불을 깔았다

조금이라도 더 스피커 가까이에서
가장 낮은 볼륨에 맞춰도
들을 수 있도록

# 3부

종이에 누워 있던 잉크에

누군가의 눈길이 스칠 때

# 그네

다른 세계
그러나 꿈은 아니다

함박눈이 소리 없이 쌓이고
연보라색 하늘 때문에
입을 뗄 수 없는 정적

산짐승이
부스럭 나타났다가
나를 두고 돌아서는

여기는 다른 차원
그러나 꿈은 아니다

선잠에서 깨어
흘러나오는 음악을 몸으로 듣게 되는 것

밤 공원의 그네

땅과 하늘의 분리

　나 혼자밖에 없는 곳
　그러나 꿈은 아니다

# 남산

계단을 올라
내려다보는 것이 좋아
내려다보는 처음 순간이 좋아

뿌려 놓은 것 같은 꽃을 보는 것이 좋고
전에 걸었던 길을 찾아보는 것이
전에 갔던 건물과 건물을 이어보는 것이 좋아

그러고 있다가
내려오는 것은 더 좋아

땅으로 돌아오는 것이 더 좋아
내려오는 중간에 평상에 눕는 것이
바람 분다고
나뭇잎들이 나에게
쏴아아 하는 것이

그런데 집에 돌아와

발 씻고
방바닥에 등을 대고 눕는 그 순간이
그 순간 기분이 가장 최고 좋아

# 흡음

다람쥐를 밟을 뻔했어
자전거 핸들이 흔들리고
바람이 옆으로 피하고
가로수가 나를 잡아 줬어

눈을 감고 책을 읽으면
글자가 귀로 들어올 때
귓불이 간지러워
어깨를 웅크리는

종이에 누워 있던 잉크에
누군가의 눈길이 스칠 때

마차 지나간다
키보드를 두드리는 소리
출구를 향하여 굴러가는
수트케이스의 바퀴 소리가 들려

밤톨이 땅에 두 번이나 떨어졌어
연두색에서 새까만 색이 튀어나온 것이 두 번
다람쥐는 내가
밤톨을 밟을 뻔했다고 했어

# 베토벤과 모차르트의 헤어스타일

대문 위에 심어둔 대파가 보여,
어떻게 올라가서 따는 거지?
골목길 바닥에 꽃잎처럼 튄 페인트 자국


안 돼 다시,
버튼을 누르고 롱고 커피를 내리는 나
어제 오후 길 끝에 다다랐을 때 한순간 흔들리던
나뭇잎들
방금 눈을 뜬 기분으로 이리저리 바라다본 잣나
무 메타세쿼이아
입을 오물거리며 따라 해보고 싶었던 나뭇잎 흔들
리는 소리
그러나


안 돼 다시,
마늘을 많이 넣은 스파게티가 완성된 냄새
코끼리가 싸움을 피하며 흔드는 꼬리
카사노바의 짐을 들어주며 힘들어 보이던 중년 연

기자

　어느 영화에서 봤었지?

　저 헤어스타일은 베토벤 스타일, 아니 모차르트였
던가


　내가 우는 동안

　슬픔 뒤에

　있었던 것들

# 컵에 대한 그림

나는 하루에 여러 번
컵을 들고 있고 싶어 한다

컵을 들고 내가 마시는
커피나 매실차의 맛을
그렇게 좋아하는 것은 아니다
향이 쓰기도 하고 입에 맞지 않아 남기곤 한다

컵을 들고 있으면서 여러 번
환상을 마실 수 없다는 것을 깨닫는다
나는 커피나 매실차 정도만 마실 수 있다

그래도 나는 하루에 여러 번 컵을 들고 있고 싶어
한다

미안, 방해하지 않을게

다정한 이가

문을 조심스레 닫아 주고
커튼이 하늘거리는 창가, 그곳에는
일광이 가장 노곤하게 내리는 순간이

내가 컵을 들고 있는 그림은
아주 오랫동안 칠해 왔기 때문에
몸이 느끼는 실감조차
컵을 가지러 가는 나를 불러 세우지 못한다

# 흰발농게들이 손을 흔드는

어떤 공무원이
바위섬에 내려
폐납을 제거한다

조개를 캐는 동작 같다고 해야 하나
산악인
광부의 작업 같기도
오히려 화가의 모습 같기도 하다

낚시에 사용되고 남은 폐납으로
물고기들의 납중독이 심각하기 때문에

그는
가파른 바위에 엎드려서
파도에 미끄러지지도 않고
혼자 일을 한다

"납은 무게가 있어서 금방 무거워져 가지고

힘이 듭니다"

인터뷰 다음으로
요즘 보기 드물어진다는 흰발농게 장면

게들이 손을 흔드는 이유는 아직
모른다고 한다

# 내가 찍은 낯선 사진

선생님은
지난번에 다른 분이 하신 말씀을
내가 했다고 생각하시는 것 같다

혹은 내가 말로써가 아니라
다른 분이 말씀하실 때 고개를 끄덕였거나
미소 지었었나

나라는 사람이 그런 말을 했을 법한 분위기를 풍
기기도 하는 것 같고
그것도 아니라면
내 목소리가 너무 작기 때문일까

내 이름을 외우지 못하는 선생님의 노기

나는
발자국 소리가 나지 않게 진화한 동물들을 생각
한다

환절기에 그에게 무슨 일이 있었는지 몰라도
그날 나는 사진을 찍으면서
꽃을 보느라
병이 깨진 줄은 몰랐다

# 단발머리

엄마는 몇 살이야,
내가 처음 엄마의 나이를 물었을 때
엄마는 옷깃이 낡은 카키색 티셔츠를 입고
걸레로 방을 훔치며
스물여덟, 이라고 했다

스물여덟에 딸 둘 아들 하나를 둔 엄마가
후줄근한 면 티셔츠를 입고도 예뻐 보인 건
찰랑 흔들리던 단발머리 때문이었다

이후로 엄마 나이는 서른둘도 되고
서른일곱도 되고,
난 더 이상 엄마 나이를 묻지 않았다

엄마가 처음으로 파마를 한 날,
앞머리는 크게 웨이브를 넣고
나머진 작은 웨이브를 넣은 그 스타일은
모두 볶은 할머니의 머리와는 다르게 세련된 느낌

이 있었다

　그러거나 말거나 아빠는 싫다며, 벌써는 싫다며
　등을 돌리고 누웠고
　엄마는 거울 앞에 앉아
　나 혼자서만,
　남세스럽잖아
　귀밑머리를 만지작거렸다

# 줄감개

다른 차원으로 열리는 문은
소박한 곳에 있을 법해
커다란 선물을
작은 양말 속에 두고 가는 것처럼

어제 책에서 본 공식
바라는 것을 줄일수록
만족이 증가할 것

마음껏 슬퍼한 후에
카페 와이파이 번호를 찾느라
서성거리는 동작

어떤 장소에서는
우쿨렐레가 평소보다 크게 울렸다

성량 좋은 가수가
하이라이트 부분에서 힘을 빼고

속삭이는 표정을 보면

다른 차원으로 열리는 문은
엉뚱한 곳에 있을 법해
기차가 다니지 않게 되고서야
걸어볼 수 있게 된 철교처럼

어제 책에서 본 공식
결백하기 위해서
애정하는 사람의 수를 줄일 것

아니, 떠오르지 마
억지로 생각을 중지하느라 주섬주섬할 때

가장 낮은 볼륨 크기가
빗소리의 경험을 연다

# 사진 정리

디바이스 확인 중
지금 최적화

새로 산 겨울 코트를 입고 찍은 사진이
벌써 5년 전 사진이라니

한겨울에 여름 여행 사진을 정리한다
더워서 눈을 반밖에 뜨지 못한 사진을 보고
몸이 따스해지기를 기대했지만

항상 간직하고 싶은 사진과
찍어서 보관하라고 해서 가지고 있는 사진과
수많은 커피 사진들
모두 너무 심장을 사용하고 있다

 *위험에 처한 길냥이 친구 목숨 구하려*
*죽을힘 다해 땅 판 토끼*
제목이 귀여운 기사를 캡처하는 습관

귀엽고 재미있는 것을 보면
같이 보고 싶은 사람이 떠오른다
귀엽고 재미있는 것을 같이 보기엔
조금 어색한 사람들도

수리를 위해 분리한 텔레비전은 생각보다 기계적
이지 않고 아름답다
그래도 다시는 텔레비전을 분해할 일 없도록
기도하는 마음으로 꾹—
휴지통 버튼을 누른다

*당신이 아프다는 얘기를 듣고 생강 홍차를 끓여
마신다*
이 시를 쓴 게 벌써 이렇게 오래전이라니

이제 웬만한 사진은 척척 지울 수 있다
아레나는 스페인어로 모래

폭풍의 언덕은 다시 번역되어야 할 제목

나는 놀라면 심장이 두근거리는데!
저는 식도부터 타들어 가는 거 같아요!

항상 간직하고 싶은 사진과
찍어서 보관하라고 해서 가지고 있는 사진들
수많은 커피 사진들
모두 너무 심장을 사용하고 있다

디바이스 확인 중
심장을 최적화했습니다

오래 소식을 듣지 못했고
여유로운 저장 공간에서
생강 홍차를 끓여 마신다

# 무대 디자인

밤바람과 부딪히는 톱 소리
별을 썰고
물을 뭉치고
문을 세운다

예술 학교 쪽문으로 나가는 길
난간 아래
한 세계의 거친 숨소리

푸른 방패에 맞아
오래된 벽이 깨지고
고래의 폐에 새 숨이 차오른다

아우라를 주무르고 있는 정령들의 몰입을 뒤로하고
신발을 벗어 들어
맨발로 땅을 밟는다

## 뿔

참았던 눈물은 뚝 그치기가 어려워

짐만 있고
모든 게 없는 곳에서

어서 와라
좋아 보이는구나
편히 앉아 쉬거라

다른 시간에 세수를 한다

더 조용한 골목을 걷는다

낯선 사람의 고민을 하고
나의 답을 고친다

집주인은
새우를 좋아하지 않는 나를 위해

굴을 대신 사두었다

기억할 수 없을 것이면서 버리지 못한 것
의 마지막과
예측한 적 없는
행운

그런 것들은
배낭에 더 넣어도
무거워지지 않는다

# 짐

첫 번째 일요일
짐을 꾸린다
섬에서 한 달 살기를 하려는 사람처럼

□ 날씨에 맞는 옷
□ 사진기를 넣을 가방
□ 내가 한가한 요일에 한가함을 맞출 수 있는 사람

다른 크기의 하늘을 볼 수도
모르는 언어가 적힌 간판을 지나쳐 걸을 수도 없지만

강아지를 맡아줄 곳을 찾지 않아도 되고
입국 신고서를 쓰지 않아도 되고
새로 생긴 고민을 들어줄 사람이 있는 곳

불안을 달래고 싶을 땐
새 옷을 입고
가방을 조금 무겁게 하고

기대 이상의 책을 찾고 싶을 땐
편한 신발을 신을 것


조금 더 빨리 잊고 싶다면
버드나무 옆
트랙에서 뛸 수도 있다


첫 번째 일요일
여기
를 위한 짐을 꾸린다

# 4부

## 다음으로 날씨 예보가
## 이어졌다

# 오늘 여는 약국

당신이 아프기 때문에
나는 아프지 않아

안경에 김이 서리면
빛이 있는 곳마다
무지개 고리가
○
○ ○

하얀 어둠
길이 보이지 않네

빛을 찾아요
무섭고
심심하니까

오그라들었다가 커지는
가로등, 창문, 신호등

심심한 건
무서우니까

이렇게 추워도
나중에 오늘은
기억 안 나겠지

기억도 안 날 거라면
걷는 동안만
감정 속에 들어가도 될까

○
○ ○

오늘 여는 약국이
왜인지 닫혀 있고

기억나지 않는 오늘엔
차가운
무지개 고리만

# 안개

마음가짐에서
마음을 떼어내자
차창에
가짐이 들어 있는 영상이 시작된다

모르는 곳으로
몇 시간째 차를 타고 갈 때 듣는 노래

네가 물어본 질문에
내가 답하면서
생략한 단어는 포기

마지막일지 몰라

하는 생각이
선택을 바꾸었다

안개꽃이 커지면

이름은 어떡하지

아까 식당에서
내 뒤에 앉은 사람을 의식하며
볼륨을 조절하고
비밀을 조심했는데

앞에 앉은 친구가 말하길
그 사이 뒤에 앉은 손님은
세 명이나 바뀌었다는 거다

언젠가 내가 털어놓은 고민이
오늘 나의 약점으로 놓여 있었고

뭐 어때
처음 있는 일도 아니야

안개꽃 크기의 장미

이미 이름이 있다

# 볼레로

모기를 잡았다

잠귀에 앵앵거리는 소리
어둠 속에서 물린 것 같은 곳을 긁으며
시간이 되기도 전에 나타나는 것
시간이 끝나도 물러가지 않는 것
심지어 시간에 맞춰 존재하는 것들에 대해

반수면 상태의 나는
쉽게 결정을 내린다

그러나 트랜지스터 라디오에 내려앉아
두 손으로 온몸 가뿐히 버티고 있는 모기를 보면

모기는 팔다리가 길고
몸통이 왜소하고
이것에 대해서는 내 피를 빨겠구나, 라는 생각 말고
다른 생각도 한번,

에스파냐의 볼레로 같은 것을 입은 듯이 생긴
이 흡혈 동물은 무엇인가
따위의 다른 생각을 해야 할 것 같은 태평

방 안을 날다가 창밖으로 나가는 모기

상상 속의 밤이
나를 내버려 둔다

# 우산을 접을 때는 우산을 접는 것만
# 생각한다


옆 테이블에서는
토요일에 헤어진 사람이 수요일에 헤어진 사람이
된다
너였다가 내가
쉼표를 그린 사람은 나였다가 누가
그러자고 했는지는
물음표가 된다


토요일 토요일 수요일


옆 테이블에서는
중간부터 보는 영화
침묵이 아무리 길어도 계산된 만큼 흐르고
다시는 못 본다는 것
무섭지 않다
두 사람은 주인공이니까


주인공이 조연과 결혼한다

중간부터 보면 알 수 있다
다들 너무 쉽게 용서한다는 것을
다들 다른 사람의 이야기를 너무 잘 들어준다는 것을
우산을 털면서 너무 큰 결심을 한다는 것을

왜 우는지 몰라도 따라 우는 사람이 된다

토요일 토요일 수요일 목요일

계단에 앉아 같이 달을 본 밤은 편집된다
먼 나라에서 주지 않을 선물을 산 장면은 편집된다
우산을 접을 때는 우산을 접는 것만 생각하고
당신이 비를 맞진 않을까 하는 건 떠올리지 않게 된다

옆 테이블에선
토요일

연기를 잘한 조연이

다음 영화에서 주인공이 된다

# 손등

반찬을 흘릴 때처럼
당신이 최근의 성공을 자랑했다

어쩌다가 나온 얘기로
당신이 그 일을 말할 때
난 내 일처럼 기뻐해 주지 못했던 것 같다

당신의 표정이 꼭
새 셔츠에 반찬을 흘린 것처럼
낭패스러웠다

난 당신의 성공이 멋지다고 생각하는데

다만 우리가 좀 전까지
각자의 쓰라린 가슴에 대해
오래 털어놓고 있었기 때문에
갑자기 표정을 바꿀 수 없었어

라는 건 핑계겠지

혼자 걸어가면서
빈 주머니에 손을 넣고
괜히 손등으로 주머니를 확인한다

거울이 있었다면
조금 더 진심처럼 웃어줄 수 있었을까

거울이 있었다면

그랬다면
내가 내 표정을 보고
울어 버리지나 않았으면 다행이지

창고인지 서랍인지

멋진 일에 축하를 할 수 있는

최소한의 안녕을

언제 어디에 두었는지

이 코트의 주머니는 아니다

# 구름 검색

일기장에
구름 검색이라고 써둔 것이 있길래
전에 시를 써두고 잊은 것일까 했는데
구글 검색을 잘못 읽은 것이었다

모퉁이에
실업수당
퇴직 일자 기준 5개월까지
라는 글씨도 보인다

실업수당을
구름 검색처럼 바꿔보려고
창밖에 지나가는 사람들을 보고 있다

실업수당
실업수당

골목길에 지나가는 사람들 모습은

정말 어쩜 저렇게 다르지

방금 중년 커플이
전동 스쿠터를 같이 타느라
백허그 한 자세로 지나갔다

실없이
밤 산책하는
강아지를 입 벌리고 보고 있는 나

# 구석에 볕이 들 때

구석에 볕이 들 때
볕 맞이하는 먼지 입자들이
오르고 오르며 빛나는 것을 바라보는 동안

페달에서 발을 떼고
이어지는 내리막을 지나며
돌고래처럼 뛰는 바람을 품는 동안

서점 앞에서 누군가를 기다리며
지나가는 사람들을
오래 바라보는 동안

지나가는 사람들이 서로 다정하고
또 무심하고
또 허우룩하면

당신이 곁에 없어도
없어도 있는 것 같은

멀리서 날 보고 웃기 시작했을 것 같은

# 화단으로


젊은 사람이 이런 거 보는 거 안 좋아
경비원이 말했다
남편이 집으로 돌아왔다

봤어?
아내가 물었다
발만 봤어

경비원 말로는
뛰어내린 여자가 의정부에서 왔으며
왜 서울까지 와서 뛰어내렸는지는 모른다고 했다

저녁 뉴스에 옆 동 건물이 나왔다
카메라가 난간에서 화단을 찍었다

뛰어내릴 때 느낌으로 찍으려는지
급하게 아래쪽을 향해 비췄다
화단에는 소나뭇과 나무 몇 그루가 심어져 있었다

다음으로 날씨 예보가 이어졌다

아내는 방금 본 화단의 나무가 몇 그루였나 세는데
남편이 봤다는 말이 보였다

컴퓨터를 하던 남편은
아내가 무슨 말을 하려는 줄 알고
고개를 돌렸다

# 비가 와서 주차장 공사를 쉽니다

흙탕물의 표면이
하늘을 담는다
꽃을 피우지 않은 나무들을
작은 우산
아래 나를 담는다

가지를 많이 가진 나무들 깊다
기울어진 아파트도
하늘과 함께 일렁인다
땅과 물을 걸쳐 밟고
나는

위를 내려다보고 있다

일방적으로
아무와도 이야기하지 말아야지

걸음을 떼어

나를 비추지 않는 땅으로

빠져나온다

# 게스트 하우스


일본어 선생님은 12월 31일마다 일기장을 태운다
고 했다
'도우시떼'는 일본말로 어째서


어제 4인실에서 만난 사람은
올리브가 싫다고 했다
올리브를 좋아할 필요는 없을 것이다


아침 방송에 나왔던 전문가의
다른 사람의 말을 존중하라는 명령문
그야말로 다른 사람을 존중하지 않는 말로 들렸다


내일 헤어질 사이는 비밀을 말하기 수월하다


카트를 밀며 비빔 라면을 고르는 나
홈쇼핑을 보다가 긴장하는 나
손을 잡고 밤길을 걸어가는 나

도우시떼
멀리까지 와서
돌아가서 하고 싶은 일을
생각하느라
골똘하다

# 별자리

우리는 서로 미워하는 편이 쉬운 위치에 있어

간신히 서로 싫어하지 않기 위해 모든 온기를 소
모하고

우리는 서로의 빛을 흐리는 거리에서 있어
서로의 존재만으로
빛을 잃어간다

잘해 보려 하면 할수록
불안해
오히려 무심하다가
진작 정해진 오해를 산다

우리는 너무 집중하고 있기에
다른 별자리에서 자유롭게 빛나는 각자의 모습을
우윳빛으로 소박하게 떠다니는 모습을
그리지 못한다

# 매실차

자귀나무 꽃
부도 정리 포스터

해금이 켜는 문리버가 흐르고
매실차에 뜬 얼음 부딪히는 소리

벽에 붙은 포스터 파닥대는데

큰일이 일어난 듯도 하고 아닌 듯도 하고

매실차가 팍하니 시어서
눈시울이라도 젖었으면

# 내가 아는 시 가장 잘 쓰는 사람

그 사람은,

그 사람은,
그 아이는 모든 백일장에서 장원이었다
한번은 월요일 조회 시간에
교단에서 상을 받고 내려갔다가
다시 이름이 불려 올라갔다가
하나 더 받아야 하니 내려가지 말라고 해서
학생들도 교장 선생님도 웃었던 적이 있다

그건 어떤 기분일까

글 잘 쓰는 학생이 많은 고등학교였는데도,
주최 측에서도 좀 여러 학생 나눠주고 싶었을 텐
데도,
도저히 그럴 수 없이 인정하는
너무 뛰어난 글

내가 하도 신기해하니까,

그 애를 잘 아는 친구가 말해 줬다

아빠가 국어 선생님이라서 그래

어릴 때부터 항상 시집을 읽는대


중학교 땐가 캠핑 갔을 때

그 애와 내가 같은 조가 된 적이 있다

나는 김치볶음밥을 맛있게 해 주겠다고 몇 번이고
약속했다

그 애는 나에게 연세대라는 단어를 처음 알려 줬다


"난 연세대 가고 싶어."

"거기가 어딘데?"

"공부 아주 잘해야 갈 수 있어."

"근데 왜 난 몰라? 안 좋은 학교 아니야?"


연세대만 보면

연세대가 과연 좋은 학교인지 궁금해했던

캠핑장 수돗가가 떠오른다

대학에 가서도 그 아이와 이야기를 나눈 적이 있다
고향 떠나 대학 생활이 어떤지
시험을 다시 치는 건 어떨까 고민했던 것 같다

대구에 지하철 화재 사고가 났다
그 아이가 탄 것 같다고 했다
2월 18일 오전 9시 53분

"다 똑같지 뭐."
그 아이를 좋아했던 친구는 나중에
무언가가 다 똑같은 일이라고 했다
뭐가 똑같다는 건지……
몰랐지만 물어보지 않았다

대체 얼마나 글을 잘 쓰면
대회마다 장원일까

교지에 실린 그 아이의 시를 펼쳐 보았다
「기도」라는 제목이었고
'할 말이 많아 멈추지 않는 파도처럼'
첫 줄에 소름이 확 끼쳤다

시 잘 쓰는 사람에 대한 얘기만 하면
그 아이 생각이 난다

그 아이의 눈동자와 머리카락이
얼마나 까맣게 빛났는지
나는 말하지 못한다

수학을 그토록 싫어했고
언어 영역을 얼마나 잘했는지
감정을 숨기지 못하던 표정을 기억하냐고
묻지 못한다

복통을 느끼면서 이미 쓴 이 글을 또 쓰고

몇 년 뒤에 꼭 같은 글을 쓸 뿐이다

전철을 타고 가다가 중간에 내려 심호흡을 하면서
생각한다

그 아이는
내가 아는
가장 시 잘 쓰는
사람

# 경청

희음(시인)

문학은 말 걸기이다. 활자로 말 걸어 독자와의 대화를 시작하는 일. 그런 의미로 문학의 공간은 작가–독자 간 역량의 마주침을 통해 만들어진다고들 하지만, 텍스트의 매혹이 없다면 독자는 귀를 열지 않는다. 작품이 가진 매혹은 저마다 다르겠으나 그 매혹이 누군가에게 온전히 전달되는 일이 그리 흔하지는 않다. 그것이 한 권의 시집이라면 더더욱.

이 글은 한 매혹의 경험에 대한 고백이다. 말하자면 이 글은 이 시집을 먼저 읽을 수 있었던 한 운 좋은 독자가 뒤에 올 독자들에게 들뜬 필체로 흘려 써서 건네는 조금 긴 엽서라 할 수 있겠다. 물론 그 매혹의 경험은 김은지 시인의 첫 시집 『책방에서 빗소리를 들었다』와 더불어 이미 시작되었다.

「축제」라는 시에서 그는 "잠에서 깼을 때/우리가 꺼낸 알약은 보이지 않았다/꾸벅 꾸벅/약이 놓여 있었던 것 같은 곳을/쓸어 보았다"고 이야기했다. 분명 알약을 보고 만지고 그것에 대해 떠들기까지 했는데 다음날 눈 뜨니 그것은 어디에도 없었다는 것이다. 시의 목소리는 그 지난밤이 '축제'였던 것이라고도 회고하고 있었다. 나는 이 이야기에 붙들렸고 멈추어 섰다. 그리고 생각했다.

그래, 우리는 예외 없이 무언가를 잃어버렸거나 잃어버릴 이들임에 분명하지. 바로 그 자리에 있었던 그것이 오늘은 없고, 바로 곁에 머물던 사람이 다음날부터 보이지 않아. 거짓말처럼. 우린 그 무언가가 있었던 쪽으로 손을 뻗으면서 매번 어리둥절해하고 절뚝거리고 아파하지만, 우리에게 건네진 그 '없음'을 속수무책으로 받아 안을 수밖에 없어. '잃는' 일을 피할 수 없으니 '앓는' 일 역시 우리 몫으로 남지. 하지만 시의 목소리는 나를 이 생각에만 머물러 있게 하지는 않았다.

"오셔서 함께 해 주세요/당신을 초대합니다"(「퇴직 축하 모임」 中)라며 "마음이 다가와/옆에 앉듯이"(「정해진 빛을 보는 방식」 中) 목소리를 가만가만 이어가는 거였다. 저마다의 지금을 앓는 우리에게 "이불을 덮어 주"듯(「고구마」 中) 시인은 자신의 체온이 오롯이 얹힌 눈빛과 목소리로, 지나간 장면들을 복기하고 있었다. 아픈 거 내가 다 알고 있어, 내가 이렇게 함께 앓고 있어, 하고 말하기라도 하듯. 김은지 시인이 지닌 매혹은 '이불'과도 같은 부드러운 귀 기울임과 알아봄, 그리고 다정함이라 할 수 있었다. '당신을 듣고 있다'는 몸짓 혹은 신호와 같은. 가느다랗고 나지막하지만 누군가의 귀와 마음을 끌어당기기에 충분히 힘센. 그런 시인의 목소리는 두 번째 시집에서도 다르지 않게 이어졌다.

갤러리에 들어온 걸인이
머핀 하나와 방울토마토 한 움큼을 가방에 쑤셔 넣는다
손에는 김밥 서너 개를 쥐고
사람이 드문 쪽으로 간다

민트색 나무 그림을 마주하고
김밥을 우물거리다가
우물거리지 않는다

두 개째 김밥을 입에 넣은 그가 나가고
나무 그림을 그린 작가는 그가 있던 자리로 가서
자신의 그림을 본다

유명한 배우가 동행과 걷고
한국말을 잘하는 외국인들 사이에서
나도

새로 걸린 그림을 감상하고
머핀은 일 인분만 가져가는
수요일 인사동의
생기

- 「머핀」전문

　걸인이 멈춰 바라보던 그림은 "민트색 나무 그림"
이었다. 그림 앞에서 그가 멈추었거나 중단한 행위는
"김밥을 우물거리는" 일이었다. 그가 갤러리에 들어온
애초의 목적은 허기를 채우기 위함이었을 텐데, 그것
은 그의 생존과 직결되는 일일 것이다. 그런 그가 그림
앞에서 '먹는' 행위를 일시 정지했다는 것, 이는 하나
의 '사건'임에 틀림없다. 그가 그림을 바라본 것이 아
니라 그가 바라보지 않을 수 없도록 그림이 그를 덮쳐
온 것. 사건은 거기에서 끝나지 않고 그 그림을 그린
작가에게로 이어진다. 걸인이 섰던 바로 그 자리에 서

봄으로써 걸인이 경험했던 아름다움의 시간을 이어받아 보려고 애쓰는 작가. 작가의 행위는 또다시 '나'에게로까지 전이되면서 걸인-작가-나라는 세 인물은 "민트색 나무 그림"의 시적 순간을 바통처럼 건네고 이어받는 릴레이 주자가 된다.

그런데 작가나 '나'는 걸인이 본 것을 똑같이 보고 감각했을까? 그림만 남기고 그 밖의 모든 바깥이 암전되는, '사건'의 시간을 경험했을까? 물론 그렇지는 않을 것이다. 여기에서 중요한 것은 시의 인물들이 서로를 바라보고 또 서로를 듣고 있었다는 점일 것이다. 누구 하나 골라내거나 삭제하거나 해치지 않고, 나 아닌 누군가의 걸음과 멈춤과 한숨들을 곁눈으로나마 좇고 있었다는 점.

시 속에서 '당신을 듣고 있다'는 몸짓과 신호는 당신을 듣고 있'겠'다는 의지와 다짐에 더 가깝게 드러난다고 할 수 있다. 생각해 보면 그렇다. '어떤' 일이 자연스럽게 '우리의' 일이 되는 것이 그리 쉬운가. 보이는 것은 우리가 보기로 한 것이며, 들리는 것 또한 우리가 듣기로 마음먹은 것들이 아닌가 말이다. 그런 의미에서 시 속의 의지와 다짐은 '듣는 일'에 앞서 선행되어야 할 하나의 태도일지도 모르겠다.

그럼에도 불구하고 시의 목소리는 결코 무겁거나
비장하지 않다. 서로를 듣고 서로에게 곁을 내어주는
그 일은 우리가 마음만 먹는다면 그다지 어려운 것이
아니라는, 그런 낮고 부드러운 초대가 이뤄지길 시인
은 바랐기 때문일 것이다. 시의 목소리는 늘 명랑하게,
또 매번 새롭게 반짝인다. 그렇게 반짝이면서 좇고 듣
고 바라보는, 다정한 몇 개의 장면들을 더 펼쳐 보이
고 싶다.


　　　봄에는 심장약 복용을 시작해야 할지도 모른다고
　　　수의사는 말했다


　　　열 살 넘은 개가
　　　내 이불을 덮고 자고 있다


　　　들숨 날숨에 맞춰
　　　움직이는 배를 보다가
　　　머리를 쓰다듬으면


　　　어김없이 눈을 뜨고
　　　나를 확인하는 개

고구마와 고마워는

두 글자나 같네


말을 걸며

빈틈없이 이불을 꼭꼭 덮어 줄 수 있는

겨울 고마움


    –「고구마」 전문


   열 살이 넘은 개, 심장약을 복용해야 할지도 모르는 개는 이제 삶보다는 죽음의 시간에 더 가까워진 존재인지도 모르겠다. 화자는 개를 쓰다듬으며, 그럼에도 아직 힘차게 숨 쉬며 자신과 함께 있는 그 작은 존재에 대한 고마움 곁에다 '고구마'라는 단어를 나란히 놓는다. 그 두 단어가 같은 글자를 두 개씩이나 공유하고 있다고 말하면서. 순간, '고마워'라는 단어의 노란 몸에서 흰 김이 피어오르는 것만 같다. 고구마의 달콤함과 온기는 원래 '고마워'에게 먼저 있었던 것이 아니었을까, '고마워'가 자신의 갈비뼈를 떼어 '고구마'를 빚은 건 아니었을까, 하는 상상까지 하게 된다. 사

물의 이름이 가진 유사함이 사물 자체로 옮아가 그
두 개의 사물을 닮은 것으로 감각하게 만드는 이 힘.
그것은 어디에서 연유할까.

그건 아마도 이름과 단어와 문장까지도 보고 만지
고 관찰하는 시인의 예민한 손끝이 해낸 일이 아닐까
싶다. 어딘가 닮아 있는 '고구마'와 '고마워'라는 단어
속에 '고'와 '마'라는 두 글자가 스스로를 다 드러낸 채
로도 저리 능청스럽게 숨어 있었다는 사실을 발견하
고는 눈이 휘둥그레졌을 시인의 모습을 그려본다. 단
어들을 짝지어주고 난 뒤 시인은 자신의 예민한 손끝
으로 다시금 그 두 단어를 조심조심 쓰다듬지 않았을
까. 자고 있는 개의 머리를 쓰다듬듯. 그러면 두 단어
는 "어김없이 눈을 뜨고" 시인에게 눈을 맞추어 주었
을 것이다.
마지막 연에서 "말을 걸며/빈틈없이 이불을 꼭꼭
덮어 줄 수 있는/겨울 고마움"이라는 세 개의 행을 뜯
어보면, '겨울 고마움'이 해당 구문의 주부(主部)로 배
치된 것으로 읽히기도 한다. 나에게, 혹은 개에게 이
불을 덮어 주는 주체가 다름 아닌 '겨울 고마움'인 것.
시인의 손끝이 사물의 이름을 끌어다가 숨을 불어넣

어 사물 그 자체로 만들고 나니, 그 이름이 다시 그 다
정한 손끝에게 이불을 덮어 주는 일. 이 장면은 앞서
제시했던 시 「머핀」에서 걸인-작가-나로 이어지던 '시
적 순간'의 전이와도 닮아 있는 듯하다. '당신을 듣고
있(겠)다'는 태도가 고요히 일궈낸 선물의 순간들 말
이다. 선물은 이렇게 돌고 돈다. 이 다정함의 회로에
붙일 만한 특별한 이름이 어디 없을까?

> 누군가 시를 낭독한다
> 나는 가만히
> 종이컵에 담긴 사이다를 바라본다
>
> 공기 방울이 표면에 떠오르고 터진다
> 꼭 세 개씩
> 가운데로 모였다가 터진다
> 터지면 다음 기포가
> 이제 자신들의 차례라는 듯 떠오르고
>
> 떠오르고
> 모이고
> 터진다

어떤 문장이 나를 고개 들게 한다

나는 내 차례라는 듯이

떠오르고

모이고 터진다

누군가 시를 낭독한다

그의 목소리가 너무 작아서 다들 더 조용히 한다

조금 소음을 내며 귤을 집어 온다


귤껍질로 토끼 얼굴을 만든다

봄이 왔지만 아직 춥기 때문에

귤색 토끼에게 목도리를 둘러 준다

시는 끝나지 않고

입원한 친구에게서 카톡이 온다


나도 시를 낭독한다

(내가 시를 읽는 동안 사람들은

무엇을 보고 무엇을 했는지 알 수 없다)


첫 줄을 읽고

난 내 억양이 마음에 들지 않아 속상한 마음으로

그저 틀리지 않기만을 바라다가
시에 강아지가 등장했을 때
비로소 평소 말할 때처럼 읽을 수 있게 된다


누군가 아주 긴 시를 낭독한다
왼손을 쫙 펴고 내 손바닥을 본다
점이 하나 있다
어릴 때부터 그 점을
샤프심이 박힌 거라고 믿었다


점이 그때와 같은 위치에 있는지 기억해 내려고
애쓰는데
기억은 나지 않고
아름다운 시는 끝나지 않는다

- 「경청」 전문


이 시는 어느 낭독회 자리를 그리고 있다. 돌아가
며 차례로 시 한 편씩을 낭독하는 동안 화자는 자주
다른 생각에 잠기거나 귤껍질로 토끼 얼굴을 만드는
등, 딴짓을 하기도 한다. 낭독회의 시간과 '나'의 시간은 어딘가 조금씩 어긋나 있어 완벽한 조응을 이룰 수가 없는 것이다. 물론 그러다가도 뜻하지 않은 한 순간 "나를 고개 들게" 하는 문장을 만나기도 하고, 낭독의 차례가 되어 "강아지"라는 단어를 맞닥뜨린 뒤로는 화자 본연의 리듬을 찾게 되기도 한다.

그러니까 이 시에서도 역시 '강아지'라는 단어와 '어떤 문장'이 나를 온전한 낭독의 공간으로 초대하는 매개가 되는 셈이다. 다양하고 낯선 사람들이 모인 '보편'의 낭독회가 나만의 '특수'한 낭독회로 전환되는 기점이 그 '어떤 문장'과 '강아지'를 만난 순간인 것이다. 이렇게 해서 새롭게 시작된 낭독회는 더 이상 시 일반을 읽고 듣는 자리가 아니다. 이제 읽고 듣는 텍스트의 자리에는 전혀 다른 것이 놓인다.

'여기'는 "끝나지 않"을 것 같은 목소리가 흐르는 공간이며, 그리고 '지금'은, 여기가 어디라거나 시를 읽는 사람이 누구인가 같은 정보가 아득히 물러나고, 손바닥 위의 점 하나에 얽힌 '없는' 기억에만 몰두하는 시간이 된다. 그런데 이 시에도 '당신을 듣고 있(겠)다'는 목소리는 흐르고 있는 걸까? 만일 그렇다면 그 목소리의 수신자, 즉 '당신'에 해당하는 이는 누구일까?

첫 번째 연을 보면 "종이컵에 담긴 사이다를 바라보

는" 내가 등장하고 2연과 3연에서 나는 줄곧 그 사이다 속의 기포를 관찰하고 있다. 그런데 4연에서는 "어떤 문장"에 붙들린 뒤 나는 내가 바라보던 바로 그 기포처럼 "떠오르고 모이고 터진다." 역으로 말하면 나는 나에 의해 들리고 보이는 '나'(기포)가 되는 것이다. 9연 또한 마찬가지다. "누군가 아주 긴 시를 낭독"할 때 나는 나의 손바닥을 펴서 바라보다가 그곳에 박힌 작은 점의 시간으로 빨려 들어가게 된다. 기억나지 않는 그 시간을 향해 무한히 더듬어 들어가는 일, 그것은 다름 아닌 지난날의 '나'를 듣는 일이다.

그런 의미에서 이 시의 제목인 '경청'의 대상이 되는 낭독의 텍스트는 바로 '나'일 것이다. 어떤 한 문장과 특별한 한 단어에 의해 나의 눈앞으로, 또 나의 손끝으로 '내'가 소환되었고, 그렇게 소환된 나를 내가 듣고 있기 때문이다. 이 순간 역시 부인할 수 없는 하나의 '시적 순간'임에 틀림없다. 내가 나를 바라봐주는 일, 내가 나의 일그러지고 사라진 기억에게 말 걸어주고 그 말을 들어주는 일은, 먼 길을 돌아 비로소 나에게 건네진 나로부터의 뜻밖의 선물이 아닐 수 없으니.

이쯤에서 앞서 던져놓았던 질문을 불러와 보자. '이 다정함의 회로에 붙일 만한 특별한 이름이 어디 없을

까?' 이 다정함의 회로, 시적 순간을 알아보고 건네고
이어받는 이 모든 다정함들에 대해 '경청'이라는 이름
을 붙여주는 건 어떨까.

시 잘 쓰는 사람에 대한 얘기만 하면
그 아이 생각이 난다


그 아이의 눈동자와 머리카락이
얼마나 까맣게 빛났는지
나는 말하지 못한다


수학을 그토록 싫어했고
언어 영역을 얼마나 잘했는지
감정을 숨기지 못하던 표정을 기억하냐고
묻지 못한다


복통을 느끼면서 이미 쓴 이 글을 또 쓰고
몇 년 뒤에 꼭 같은 글을 쓸 뿐이다


전철을 타고 가다가 중간에 내려 심호흡을 하면서
생각한다

그 아이는

내가 아는

가장 시 잘 쓰는

사람

        – 「내가 아는 시 가장 잘 쓰는 사람」 부분

    시집의 가장 마지막에 놓인 이 시는 화자가 기억하
는 시 잘 쓰는 한 친구에 대한 이야기를 담고 있다. 그
아이가 탄 지하철은 '2월 18일 오전 9시 53분'에 화재
사고를 당했다. 대구 지하철 참사. 대규모의 인명피해
를 낸 그 참사는 실제로 2003년에 일어났지만 시 속
에 그 연도만큼은 표기되어 있지 않다. '2003년'이라
고 하면 벌써 16년 전 일이구나, 하고 생각하게 되겠지
만 연도의 자리가 공란일 경우, 매해 그날 그 시각을
기해 사건은 생생한 현재가 된다. 그것은 늘 가장 최근
의 일이 되고야 마는 것이다. 아이를 기억하고 사랑하
는 이들은 아이를 미루어 두고 앞으로 온전히 나아갈
수 없다.

    "마냥 보고 있으면 안 되는"데도 도무지 눈을 뗄 수

없었던 장면처럼, "눈을 감고 있어도" "눈꺼풀에 남아" 있는 잔상(「잔상」 中)처럼 아이는 그렇게 남아 있을 것이다. 화자는 아이의 눈과 머리카락, 표정과 같은 그 모든 것에 대해 "말하지 못하고" "묻지 못한다"고 말한다. 죽음의 육중한 공백 앞에서 말과 소리란 얼마나 가벼운 것인지 시인은 잘 알고 있는 것 같다. 대신 시 속에서 화자는 이렇게 말한다. "복통을 느끼면서 이미 쓴 이 글을 또 쓰고/몇 년 뒤에 꼭 같은 글을 쓸 뿐"이라고. 그렇게 쓰인 글이 바로 이 시일 텐데, 시인은 이것이 되풀이된 글이며 언젠가 또다시 되풀이될 글이라고 말하는 듯하다. "2월 18일 오전 9시 53분"이 내년이면 또 어김없이 돌아오는 것처럼 말이다.

이 시에서 화자가 건네받은 시적 순간은 어디쯤에 있을까. 있다면 그것은 "2월 18일 오전 9시 53분"과 관련이 있지 않을까. 아이라는 공백 주위에 좌표처럼 박힌 숫자들. 적어도 우리에게 시계가 있고 달력이 있고 문명이 잔존하는 동안이라면 아이에 대한 그 기억은 침묵의 온갖 틈새에 숨어 있다 해마다, 때마다 우리를 찾아올 것이다. 누군가는 이미 쓴 글을 또 쓰고, 어디인가에선 아이가 썼던 시를 되뇔 것이며, 또 어느 누군가는 까만 빛이 도드라지는 눈동자와 머리카락을 흰 스케치북 위에 그리고 있을지도 모르겠다. 이 장면들은 아이에 대해 이야기하고 발산하는 일과 상관이 없다. 이 고요하고 가만한 다정함의 회로는 아이를 귀 기울여 듣는 일, 바로 그것이다.

누군가 낭독을 시작할 때 "그의 목소리가 너무 작아서 다들 더 조용히"(「경청」中) 하는 것처럼, 너무 작아지다 못해 이제는 '없는' 존재를 듣기 위해 우리 모두가 숨죽일 때, 그는 비로소 우리에게 말 걸어올 수 있지 않을까. 세계가 끝나갈 때조차 우리에게 마지막으로 남는 힘이 있다면 바로 이 '경청'의 힘이 아닐까.

고구마와 고마워는 두 글자나 같네

2019년 9월 30일 1판 1쇄 펴냄
2024년 5월 2일 1판 4쇄 펴냄

| | |
|---|---|
| 지은이 | 김은지 |
| 펴낸이 | 김성규 |
| 책임편집 | 김은경 이계섭 |
| 디자인 | 김동선 |
| 펴낸곳 | 걷는사람 |
| 주소 | 서울 마포구 월드컵로16길 51 서교자이빌 304호 |
| 전화 | 02 323 2602 |
| 팩스 | 02 323 2603 |
| 등록 | 2016년 11월 18일 제25100-2016-000083호 |

ISBN  979-11-89128-48-7
ISBN  979-11-89128-01-2 [04810] 세트

* 이 도서는 한국출판문화산업진흥원의 '2019년 우수출판콘텐츠 제작 지원' 사업
  선정작입니다.
* 이 책 내용의 전부 또는 일부를 재사용하려면 반드시 지은이와 출판사의 동의를
  얻어야 합니다.
* 잘못된 책은 교환해 드립니다.